파리 스케치

UN PEU DE PARIS
by
JEAN-JACQUES SEMPÉ

이 책은 실로 꿰매어 제본하는 정통적인 사철 방식으로 만들어졌습니다.
사철 방식으로 제본된 책은 오랫동안 보관해도 손상되지 않습니다.

sempé

파리 스케치

장자크 상페 글 · 그림

열린책들

퐁뇌프 다리와 시테섬.

센강 남쪽의 프랑스 한림원에서 루브르 박물관으로
연결되는 퐁데자르 다리.

Chez ROBERT

PROPRETE
DE PARIS

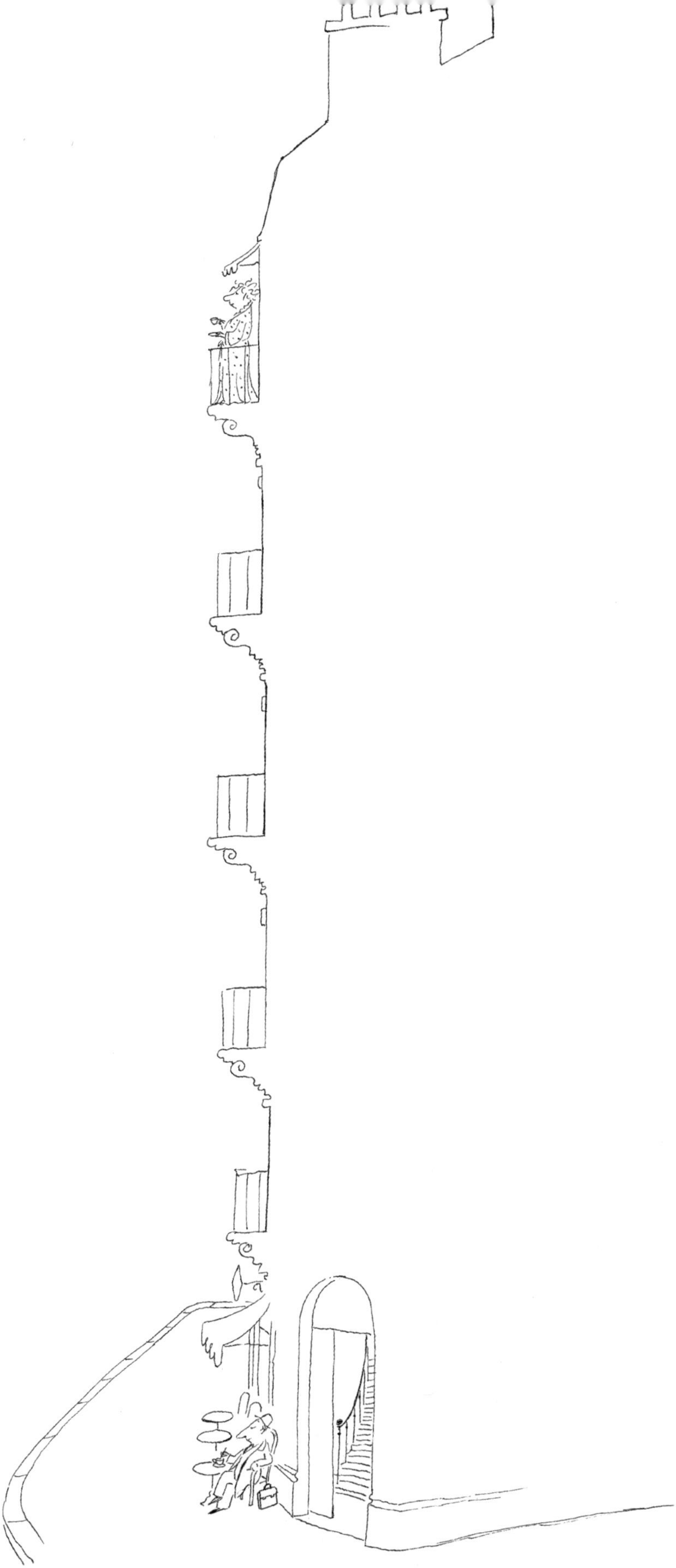

CAFE
BAR
Bernachon
FRUITS et LEGUMES
MAI 68

뤽상부르 공원.

CHEZ
MARCEL

THEATRE
FOLIE AU LIT
SOPHIE COOL
HENRI
COMEDIE
PAUL CLAUDEL
LE PARTAGE DE MIDI
RUE

보나파르트 카페. 멀리 개선문이 보이며, 부근에
나폴레옹 묘가 있는 앵발리드 군사 박물관이 있다.

HOTEL
LIPP
LIPP
LIPP
BRASSERIE LIPP
P
TAXIS
TAXI

생제르맹데프레 지역. 오른쪽에 있는 카페 드 플로르는 유명 지성인들이 다닌 카페로,
그중에서도 장 폴 사르트르와 시몬 드 보부아르가 애용했다고 한다.
반면 왼쪽의 브라스리 리프는 유명 정치인과 패션 전문가들에게 인기가 높았다.

독특한 향의 파이프 담배는 저희 고객 대다수에게 불편을 끼칩니다.
파이프 담배의 사용을 자제해 주실 것을 간곡히 부탁드립니다.
— 감사합니다 —

SYLVIE

CLUB
999
SOLEIL
40%
cityrama

RTL
5%

63
95

NON

NON
POLICE
LOTO
DHL

Chez Picard
PICARD
DALLOYAU
TRAITEUR
QUICK
PLOMBERIE
REST

재건축
17세기 건물
고급 주택
주차장 완비

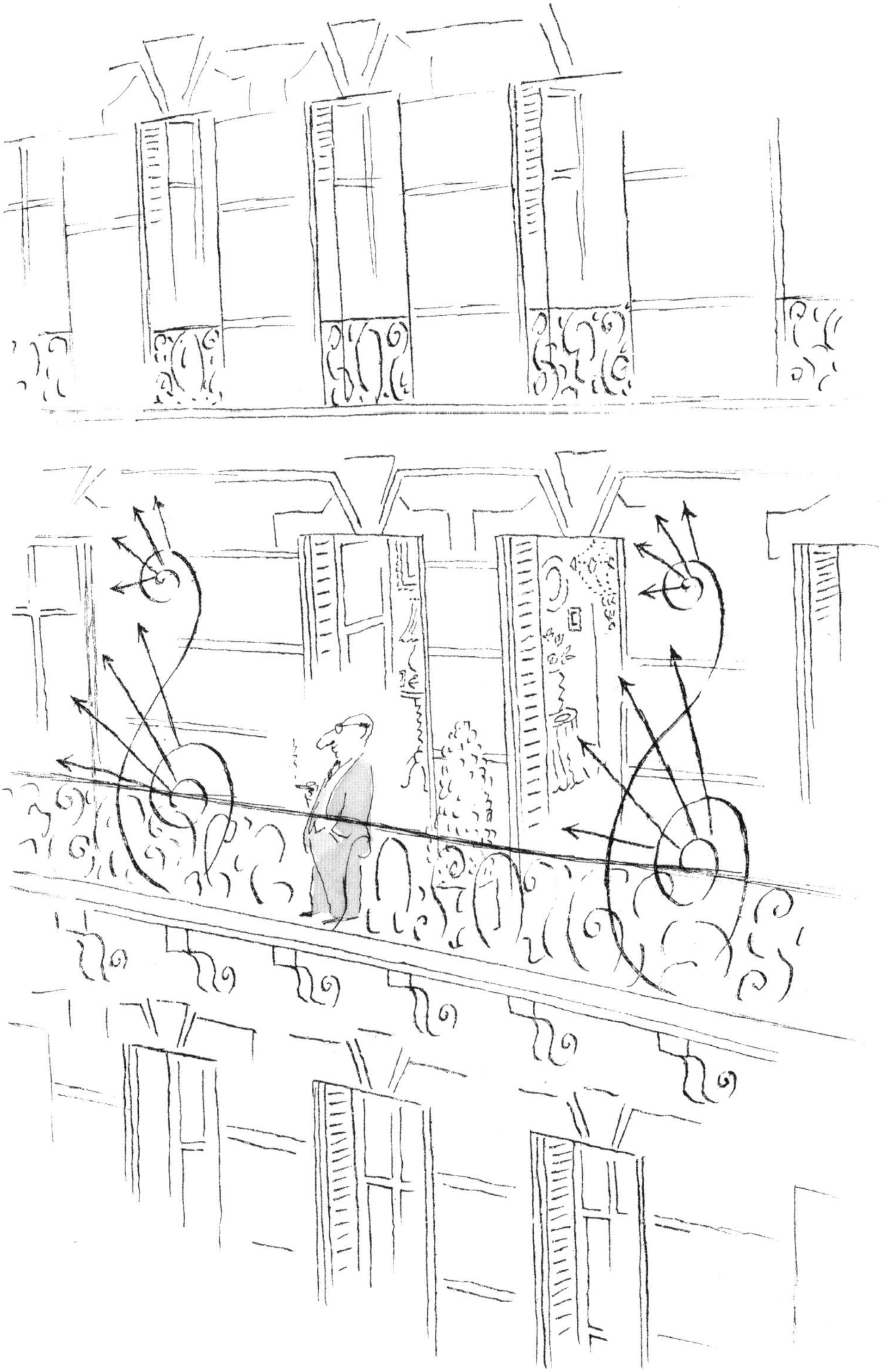

PRES

P

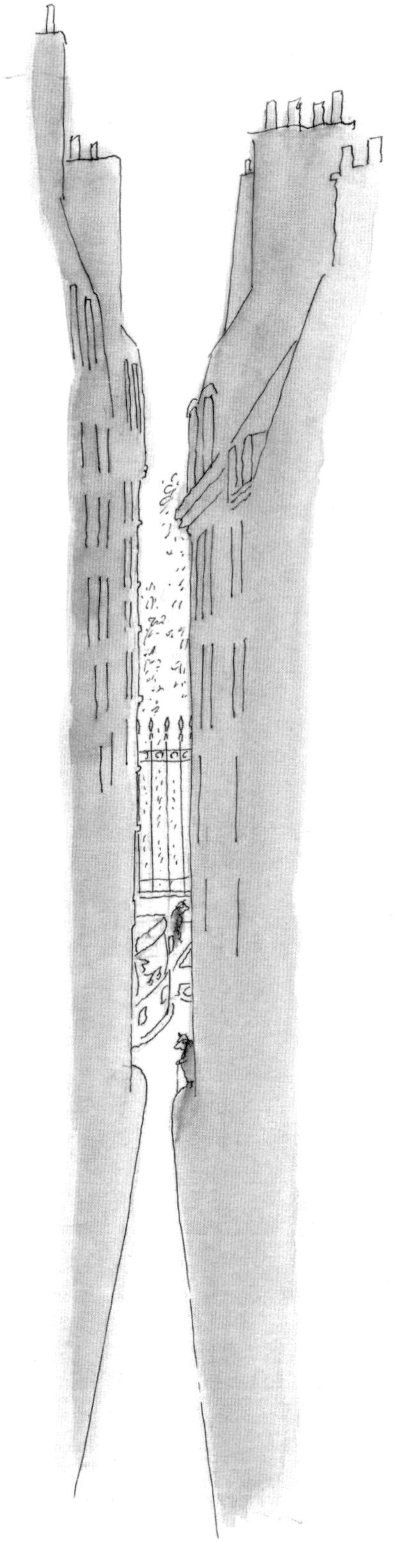

거리의 방책으로 둘러싸인 작은 광장을
공원으로 조성한 〈작은 공원〉이
파리 곳곳에 있다.

CHAUCHON
TRAITEUR
YSL
LV
YSL
D

파리 시청 근처에 있는
사마리텐 백화점.

PRESSING
LAVTOU

84

매주 금요일 밤 자정 무렵부터 경찰의 호위를 받으며
파리 시내를 질주하는 인라인스케이터들.

HOTEL

HOTEL
FRANPRIX
paradise
SEXY

파리 정치 대학은 줄여서 〈시앙스포〉 라고도 불린다.
대통령, 외교관 등 수많은 정계 인사가 여기 출신이다.

어느 석학의 연구실. 창밖으로 국가를 빛낸
위대한 인물을 기리는 전당인 팡테옹이 보인다.

센강에서 가장 아름다운 다리로 꼽히는
알렉상드르 3세 다리.

BAT

GAZ

A2

TAXI

Chez Rene

BOULANGERIE
A. CHAUDERE

MAISON
DE LA PRESSE

96 Pte DES LILAS
920

센강의 모래 채취선.
이 배들은 단독 주택처럼 고유 주소를 가지고 거주할 수 있다.
밤에 정박하도록 지정된 곳에는 우체통까지 마련되어 있다.

부모님께.

이번에 파리에 머물게 해주셔서 고마워요. 베아트리스 아주머니는 좀 지나치다 싶게 근엄하시긴 하지만 저한테는 아주 잘해 주세요. 저는 지금 시몬 드 보부아르가 그 격렬한 논조의 『제2의 성』을 써 내려갔을 카페의 한 테이블에 앉아 있어요. 참, 저는 목요일 저녁 6시 20분 기차가 아니라, 금요일 밤 10시 20분 기차로 돌아갈 거예요. 제 결심은 단호합니다.

레 되 마고 카페는 1920년대부터 예술가와 철학자들이 단골로 드나들던 명소이다. 카페 이름은 기둥을 장식한 두 개의 나무 조각상에서 비롯되었다.

파리 스케치

글·그림 장자크 상페 **발행인** 홍예빈·홍유진 **발행처** 주식회사 열린책들 **주소** 경기도 파주시 문발로 253 파주출판도시 **전화** 031-955-4000 **팩스** 031-955-4004 **홈페이지** www.openbooks.co.kr **ISBN** 978-89-329-1894-5 03860 **발행일** 2004년 6월 1일 초판 1쇄 2009년 12월 20일 초판 3쇄 2005년 6월 10일 2판 1쇄 2018년 7월 15일 신판 1쇄 2023년 9월 20일 신판 3쇄

이 도서의 국립중앙도서관 출판예정도서목록(CIP)은 서지정보유통지원시스템 홈페이지(http://seoji.nl.go.kr)와 국가자료공동목록시스템(http://www.nl.go.kr/kolisnet)에서 이용하실 수 있습니다.(CIP제어번호:CIP2018016957)